Mon petit lapin est amoureux

Loi numéro 49 956 du 16 juillet 1949 sur les publications
destinées à la jeunesse : mars 1990
Dépôt légal : juin 1999
Imprimé en France par Jean Lamour à Maxéville

Grégoire Solotareff

MON PETIT LAPIN EST AMOUREUX

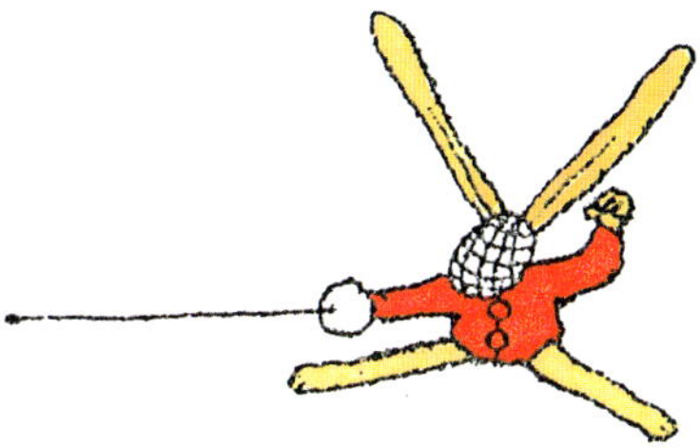

lutin poche de l'école des loisirs
11, rue de Sèvres, Paris 6e

Un jour d'hiver, Jean Carotte et son ami Jim Radis descendirent de la montagne, où ils s'étaient cachés après avoir fait une *très grosse* bêtise.

«Tu crois que nos parents se sont inquiétés pendant notre absence?» demanda Jim une fois qu'ils furent dans la plaine. «Non, je ne le pense pas», répondit Jean. «Ils savent bien que c'est grand-père qui nous a cachés.»

«C'est vrai», dit Jim. «Bon, eh bien, salut, mon petit lapin!»
«Salut, mon gros», répondit Jean, «et à bientôt!»
Et ils s'en allèrent chacun de leur côté.

Quelque temps après avoir retrouvé ses parents, Jean rencontra une amie qu'il n'avait pas vue depuis des années et des années.

Elle avait grandi, elle portait une jupe et des chaussures à talon, et elle s'appelait Line.
Jean la trouvait vraiment très, très belle, mais aussi très, très grande. À côté d'elle, il se sentait tout petit.
Mais il était, malgré tout, content de l'avoir retrouvée.

Il allait la voir tous les jours à son cours de danse, et Line venait ensuite au cours d'escrime de Jean qui était juste à côté.

1810
1730

Après quelques jours, ils voulurent habiter ensemble et Jean en était très heureux.
Il alla voir ses parents et leur dit:
«Maman, Papa, on a décidé, Line et moi, d'habiter ensemble un petit terrier pas très loin d'ici. Qu'est-ce que vous en pensez?»
«Pas question!» répondit le père de Jean. «Vous allez jouer toute la journée et elle va t'empêcher d'apprendre tes leçons.»
«Tu choisis mal ton moment», chuchota la mère de Jean à son fils. «Ton père est de très mauvaise humeur. Quelqu'un lui a embouti sa brouette et, d'ailleurs, je ne suis pas d'accord moi non plus, vous êtes beaucoup trop jeunes pour habiter ensemble.»
Jean était furieux.
«Puisque c'est comme ça», dit-il «je vais aller bouder dehors.»
Et il sortit dans la neige.

De son côté, Line demanda à ses parents:
«Maman, Papa, est-ce que vous seriez d'accord pour que j'habite un jour toute seule? Enfin... ailleurs qu'à la maison?»
«Tu veux dire avec Jean?» lui dit sa mère.
«Avec Jean?» demanda le père. «C'est non!»
«Mais...» protesta Line.
«C'est non, point!» dit le père.
Line sortit pleurer un moment.

Jean et Line s'apercevaient à travers les arbres.

Ils avaient des larmes qui roulaient sur la fourrure de leurs joues et qui tombaient dans la neige, mais, d'aussi loin, aucun des deux ne le voyait.

Au bout d'un moment, ils rentrèrent chez eux. Ils se mirent à table, mais ils n'avaient pas faim.

«Qu'est-ce qu'il a?» demanda le père de Jean à sa femme, comme si Jean n'était pas là.
«Il est fâché parce qu'on lui a interdit d'habiter avec Line, mais ça passera», dit la maman.
«Non, ça ne passera pas», dit Jean.
«Alors, c'est simple, mon petit lapin, tu vas dans ta chambre!» dit le père. «Tant pis pour toi. Ta mère avait justement fait des carottes farcies.»
Chez Line, sa mère avait aussi fait – coïncidence! – des carottes farcies!

Le lundi, en allant à l'école, alors qu'ils marchaient côte à côte, Jean dit à Line:
«Dis-moi, Line, tu ne voudrais pas porter des chaussures normales?»
«Pourquoi, mon petit lapin?» demanda Line. «Parce que je suis plus grande que toi avec ces chaussures?»
«Non», dit Jean, «mais elles ne te vont pas du tout. Elles sont moches. En plus, dans la neige, c'est ridicule. Et puis arrête de m'appeler *mon petit lapin!*»
«Si tu veux», dit Line. «Demain je mettrai des chaussures normales pour te faire plaisir mais, tu sais, je serai quand même plus grande que toi!»
Et elle s'en alla en riant.

Le lendemain, quand Jean vit Line sortir de chez elle, il eut une mauvaise surprise: Line avait mis des chaussures encore plus hautes que la veille et elle riait encore plus fort.

Jean la laissa partir. Il se dit:
«Les lapines sont comme ça: elles se moquent toujours des lapins.»

Les jours suivants, Jean n'arrêta pas de penser à Line.
Ils ne se parlaient plus, dans la cour de récréation.
Jean montait sur le mur et regardait au loin le ciel et la neige... et le ciel et la neige.

Un jour, Line décida de mettre des ballerines toutes plates et vint voir Jean.
«Tu as vu», lui dit-elle, «j'ai mis des chaussures extra-plates et je suis malgré tout plus grande que toi. Qu'est-ce que je t'avais dit? D'ailleurs, c'est normal, je suis bien plus vieille que toi, mon petit lapin. Qu'est-ce que tu crois?»
«Vieille?» fit Jean. «Tu n'es même pas vieille.»
«J'ai dit: *plus* vieille. J'ai dix-sept ans! Et toi, tu as quel âge?»
«Vingt-huit ans», dit Jean.
«Vingt-huit ans?» demanda Line. «C'est même pas vrai. Dis-moi, tu veux toujours habiter avec moi, mon petit lapin?»
«Non!» répondit Jean. «Pas question!»

Jean était triste. Line était méchante avec lui, elle l'appelait toujours *mon petit lapin* et elle se moquait tout le temps de lui. Il décida de faire la tête. Et puisque Line se moquait de lui, eh bien il ferait *comme si elle n'existait pas.*
L'après-midi, Line s'approcha du mur sur lequel Jean avait encore grimpé.
« Tu viens jouer, mon lapin ? » demanda-t-elle. « Il manque un joueur pour la partie de volley. »
Elle l'avait appelé *mon lapin* et non *mon petit lapin*, mais Jean ne répondit pas.
Line était furieuse. Mais malheureuse aussi car, en fait, elle aimait Jean.

Le soir, au retour de l'école, Line alla prendre la main de Jean, qui faisait toujours comme si elle n'existait pas, mais sans retirer sa main.
«On fait la paix?» demanda Line.
«Moi, je veux bien», dit Jean.
«Tu sais», dit Line, «je suis très grande et tu es très petit. Est-ce une raison pour se disputer?»
«Non», dit Jean. «Mais je te préviens: si tu te moques de moi, eh bien, moi, je me moquerai de toi!»

«Est-ce que tu m'aimes?» demanda Line.
«Et toi?» fit Jean sans la regarder.
«Moi, oui», dit Line.
«Alors moi aussi», dit Jean.
Il la prit par la taille. C'était facile pour lui qui était tellement plus petit.
«Nous sommes des amoureux», dit Jean.
«Oui, c'est vrai», dit Line.
«Tu sais», dit Jean, «tu peux m'appeler *mon petit lapin* si tu veux.»
Et, ce jour-là, ils ne se quittèrent plus jusqu'au soir.

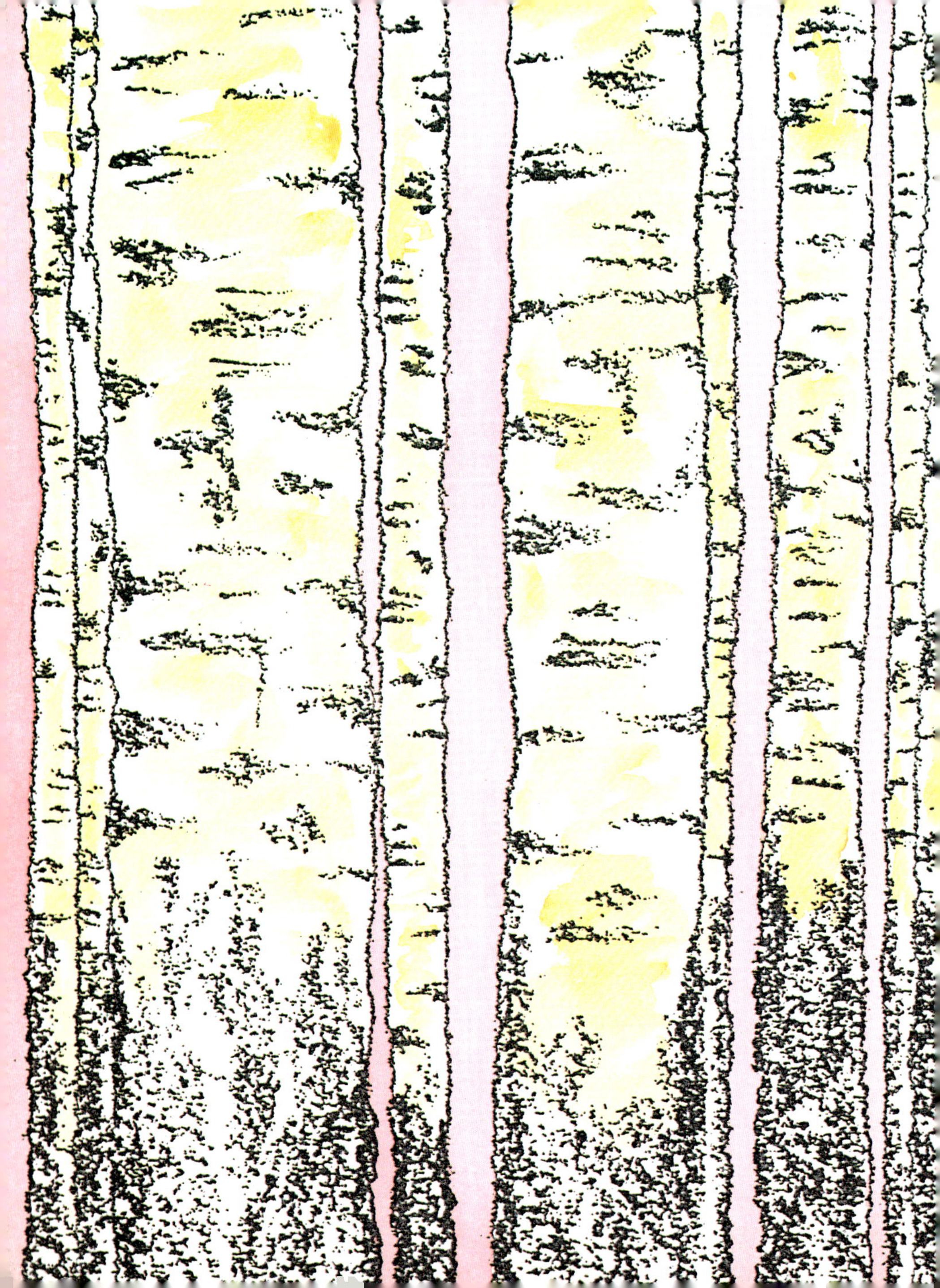